菅原澄子詩集

息子たちへ

本の泉社

息子たちへ

菅原 澄子 詩集

本の泉社

息子たちへの手紙

いま私は、これまでに書き溜めておいた詩や歌などを一冊にまとめて、君たちへの贈り物にしたいと考えています。来し方をふりかえっても、つれづれなるまゝにでもなく、忙中閑ありでもなかったけれど、書くことはその時どきの私そのものでした。

月日の流れは早いものです。私は、もうすぐ八〇歳になろうとしています。

アッという間のようでもあったこの永い年月に、私はいったい何をしてきたのだろうか。

少女時代は戦争の真《ま》っただ中でした。誰もが食べることに血眼《ちまなこ》になっていました。やがて父（君たちの祖父）が急死。私は、貧乏という重い荷物を背負って一家の大黒柱となりました。母と五人の兄弟姉妹たちと生きるために、がむしゃらに働きました。結婚どころではなかったのです。ですので、その当時としては晩婚の三〇歳で結婚しました。

そして、君たちを産んで、無我夢中で育ててきました。思えば、息つく暇もないほどひたすら走ってきたように思います。

君たちを放っておいて夜遅くまで外出することも度々でした。君たちに、満足に手料理もつくってやれませんでした。着る物もあまりかまってやれませんでした。父さんも家にはほとんどいなかったのですから、君たちには本当に寂しい思いをさせてしまいました。私は決して良い母親ではなかったと思います。

でも、君たちを放ったらかしにして遊んでいたわけではありません。

「世の中を良くするために」、「再び悲惨な戦争をおこさせないために」、何より君たちに「平和で明るい未来を手渡したい」という信念だけは持って暮らしてきたつもりです。たくさんの母親・女性たちと手を携え、私なりに誇りをもって生きてきました。

君たち二人は、その名の通りに、まっすぐにスクスクと育ってくれました。本当にありがたく思っています。

中学生・高校生だったころの君たちに、経済的なことで、大きな心労をかけてしまいましたね。君たちの進路を希望通りにさせてやることもまゝならず、大きな負担をかけてしまったことは、いまでも心残りです。

でも、君たちは、自分の力で、自分の手で、自分の進む道を切り開いて、父さんをも、母さんをも大きく乗り越えて立派な大人になってくれました。何よりの親孝行だと思います。君たちは、父さんと母さんの誇りです。

これからは、父さんと老後を楽しんで生きていきたいと思っていた矢先に、父さんが倒れてしまいました。介護する者はつらく切ないものです。でも介護される者は、その何倍も何十倍もつらく切ないものだと察しています。

父さんもよく頑張って生き抜いてくれています。

「一寸先は闇」とはよくいったものです。「人生」はまゝならず、思い通りにならないことも、いやという程知らされました。

でもありがたいことに、困ったとき、苦しいとき、悲しいとき、遠く離れていても、君たちの心はいつも傍にいて、母さんを励ましてくれました。

君たちがいたから、この年齢《とし》まで生きることができました。

財産も名も無い貧しい母が君たちに残してやれるものは、今までメモっておいた、文字だけしかありません。文学とは程遠いものだけれど、この一冊を最後の一頁までめくってくれたら、とても嬉しく思います。

ほんとに、ほんとにありがとう。君たちへの感謝の念でいっぱいです。

心を込めて　母より

敬愛する二人の息子へ

二〇一三年六月一日　――夫の誕生日に――

息子たちへ

目次

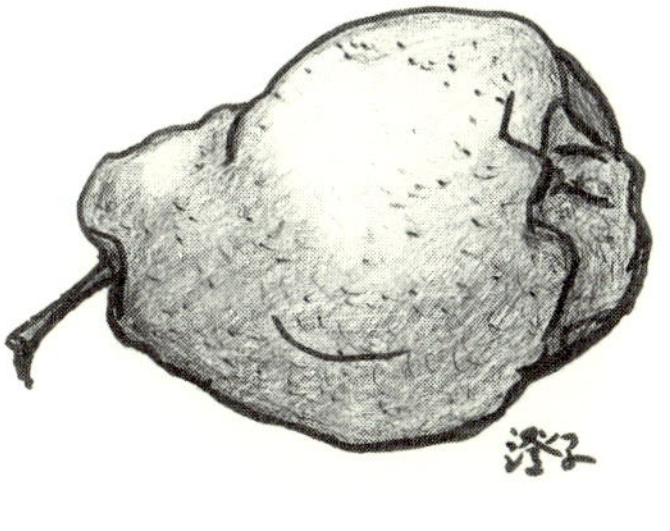

カバー・本文絵：菅原澄子

Ⅰ　君たちがいたから

入院

五歳の息子が
手術をうけた
簡単だから　心配ないから　と
勇気づけられて

細長い腕
細長い首
あばら骨の出ている胸
ぺっちゃんこのお腹《なか》
肉のない太ももに
何本も注射の針がくいこんで

息子は
歯を食いしばって
手術をうけた

五十分もかかって
母は手術室の前の廊下を
涙のでそうになるのを
やっとこらえ——

看護婦の
両の手に
いだかれた
青白い息子の顔
ベッドに横たわる
小さな五体
静かな寝息をたてて
真白いお腹《なか》のホータイが
母を悩ます

「痛いよう
　痛いよう」
と声をたてずに
泣く息子の涙よ

両の手を差しのべ
小さな手をぎゅっとにぎる
母にできるのはたったこれだけ

（一九七七・七・二十八　午後二時）

夏の夜

蚊の羽音がうるさくて
押入れから
麻の蚊やを取りだして
つるす

私の記憶がよみがえる——

「蚊やの中にはゆうれいも
雷も入ってこれないんだよ
だからゆっくりお休み」

母にそう言われて
やっと安心して
眠りにつく

母はその寝顔をみながら
五人の子どもたちを
かわりばんこに
うちわで
パタパタとあおいで
汗をぬぐってくれる

「あしたも暑くなりそうだよ
　雨が少しほしいよ」

蚊やの臭いをかぐと
今は亡き母のにおいが
ぷーんとして
声がかすかに聞こえてくるような

今年もその季節が
訪れて

母となった私が
二人の息子に語りかける
――亡母《はは》のように

「蚊やの中にはゆうれいも
雷も入ってこれないんだよ
だから
ゆっくりお休み」

せんぷうきが
音もなくまわりはじめる

後には
寝息だけ
二人の息子の

秋晴れの日に

きのうも
きょうもとっても良く晴れ上がって
トンボがとびかい
子どもたちはかん声を上げて走りまわる

東北地方は
これから寒くなるばかり

こんな上天気に
海にでも　山にでも出かけようか
と　朝起き上がる頃思うのだが

洗濯をし
そうじをし
買い物をすませると

もう昼になり
やれやれと
ついついどこにも行けず

思いだしたように
庭の手入れやら
ふとん乾しやらで
夕方になり
子どもたちの世話をして
夜をむかえる

きょう一日無事で
みんな元気で過ごせたことを
感謝しよう

誰にむかって？
誰にでもいいではないか

七月十三日によせて

娘よ
あなたが亡《い》ってから
六年目のお盆が
めぐってきた

「死んだ子の年を数える」と
人はいうが
そう　生きていれば
もう小学校一年生になっていたはず

おませで
ちょっとはにかみやで
やさしさいっぱいの
娘の姿よ

好物であったであろう
おまんじゅうも
ジュースも
塩からいセンベイも
メロンも
あなたにとっては
ただの飾りもの

やっと今年
ぱっと咲いた
青色のアジサイの花も
あなたにとっては
ただの飾りもの

ローソクの炎が
静かにゆれて
あなたの母が

ふーっと
ため息をもらす

（一九七七・七・十三　大風雨）

ざくろの花

結婚して
この地に住みついた時
実家の兄にねだって
ざくろの根を分けてもらった

そのざくろが
やっと今年
枝いっぱいの
花をつけた

真紅《しんく》の
すきとおるその花は
朝
窓を開けると
寝覚めの悪い

私の眼に
強烈にとびこんできて
あいさつをかわす

実がなったら
息子たちに
その味を
味わせてみよう
どんな顔をするだろうか

二〇坪程の
庭にはほど遠い
庭の真ん中に
ざくろだけが
花を咲かせている

太陽の光にも

負けない
きらめきをはなって

（子どもたちは、桃ちゃんの家に遊びに行っている。
一九七七・七・十記す）

Ⅱ 幸福ですか

くちなしの花

夫が
出張の折りに
「お前が好きそうな花だから」と

大きなボストンバッグが
書類やら　着替えやらで
いっぱいになって
まんまるにふくらんでいると
いうのに

両の手を
力いっぱいにして
くちなしの苗を
買ってきた

毎日　朝に夕に
妻は　夫に感謝しながら
それが我が子のように
水をかけ
草を取り
せっせと
くちなしを育てた

ある日
太陽の光で
キラキラした朝
真白い花が
二つも咲いた
せまい庭いっぱいに
甘ずっぱい
せつない匂いが
ただよった

「とうとう咲いたね」
「えゝ　とうとう咲いたわ」
夫と妻は
声をださずに
笑い合った

（一九七七・七・一四）

あなたに

戦争を知っているようで
その万分の一しか知らない二人が
戦争のない世の中をつくる手助けをと
共に手を取り合って
頑張ろうねと

大勢の友達に祝福されて
結ばれたあなたと私

あれから十年
男の子が生まれ　いま八歳《つ》

次の年に女の子を生み
すぐ亡くし
いやという程　生命《いのち》の尊さを知らされ

翌年に
男の子を産み　いま五歳
愛の印《あかし》
国に歴史があるように
人に生い立ちがあるように

あなたと私の十年にも
がっちりとくずれぬ歴史が

給料日

世は不景気で
あっちでもこっちでも
「給料が不払いで
　いくら働いてもはりあいがないよ」
と泣きたいのをじっとがまんして
笑いながら大人たちは
話しをする

そんな時でも
まあなんとか
給料日に給料が届くことは
どんなにうれしいことか

つかれてヘトヘトで
病気でも休むことができず

どっとたおれても
大丈夫　大丈夫と起き上がっては
職場にでかける夫

夫の汗と血と涙のかたまり
その報酬の月給

手に入る給料のなんとすくないことか
でも
「安月給で困ったもんだ」などと
口に出しては言うまい
それでは
夫があまりに　あわれで
みじめになるから

真夏

茶の間の温度計が
三十二度を指す

夫は
日曜日なのに
今日も勤務

人一倍汗かきの夫

せつない思いをぐっとこらえ
笑顔で一人一人の老人《おとしより》と
話し合いをしているのだろうか

病気をしていないか
足腰は痛くないか　などと

心配しながら
ホームの室から室を訪ね歩いて
いるのだろうか

それとも
汗をかきかき
事務をとっているのだろうか

「もっと予算が多ければ
あゝもしたい　こうもしたい」と
老人《としより》の願い事が
なかなか実現できなくて
じれったく思いながら
ソロバンをはじいているのだろうか

夫の仕事のことを思うと
「暑いから」と

横になるわけにはいかず
二人の息子の相手をし
近所の子どもたちの相手をし
「暑い　暑い」といいながら
汗をかいて走りまわる

「家のことは心配しないで
二人の息子のことも…ね」と
この頃
やっと思うようになった
これまでに
十年の月日を経て——

夫よ
元気で
がんばって

（一九七七・七・二十四［日］　猛暑）

ある朝

夫《つま》恋しと泣く年齢《とし》か
いいよ
いいよ
泣くだけ
うんと泣けよ
永の別れではないんだから
また戻ってくるんだから
少し長く施設に入所するだけだから
悲しむことなんか　ないんだから

夫にだきついて
背中をなでてみる
ごつ　ごつと
背骨が手に当たる
まあ

こんなにやせ細って　さ
胸がきゅうんとする
この気持ち
だれにもわかるまい
わかってたまるか

【注】

私がヒザの手術をするかもしれないということになり、介護中の夫には、急きょ長期間施設に入所してもらうことになった。夫にすまないと思って詠んだもの。

友ありて

友の手づくり料理に
「カンロ　カンロ」と
久々に食進む
病の夫のほころぶ顔あり

介護に疲れ
くどくどと愚痴こぼす我を
ただただうなずき
だまって聞き入る
やさしき友あり

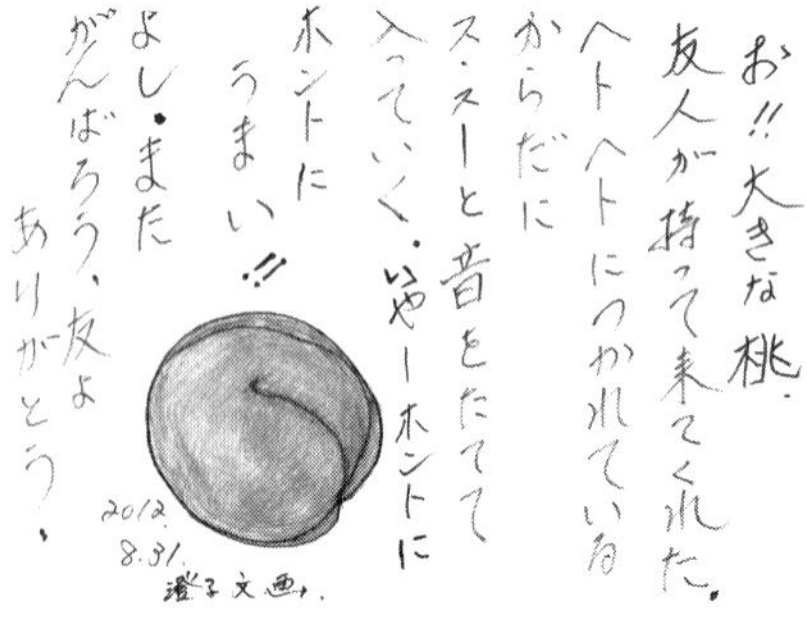
お!! 大きな桃。
友人が持って来てくれた。
ヘトヘトにつかれている
からだに
ス・スーと音をたてて
入っていく。いやーホントに
ホントに
うまい!!
よし・また
がんばろう、友よ
ありがとう。
2012.8.31.
澄子文画

夫婦愛

✽

「成人病　全部もらってきたよ」と夫《つま》が言う
「そんなもの全部返してきてよ」妻が言う
漫才　落語で
遊んでいると思えばいい

✽

「愛している」と言うこともなく
言われることもなく
結婚記念日　来るか
早や　四〇年

✽

玉ネギきざんだふりをして
涙ふく妻がいる
病に倒れた夫《つま》がいて
「何で　何で　こんな病気になったのだ」
悲しい

悔しい
地だんだ踏む
夫婦がいる
口にださず
じっとたえる
夫婦がいる

✽

夫の背に
貼り薬貼る度おもいだす
理科室にあった人体の模型を
ガリガリにやせた彼の背を
そっとなでる手
ふるえ止まらず

✽

コロコロ太った彼は
どこへ行った？
「あなたはどこのどなたさまですか？」

声に出るのをぐっとこらえて——
やせ細った彼のからだに
涙がすーすーと流れ落ちる

たまには
夫婦のあかし確かめたくて
貼り薬つけるふりして
背をそっとなでてみる

針のように
ガリガリと
音をたててくずれそう

あゝたまらない
ため息がどっとでる

「父よりも

母よりも
兄たちよりも
長生きした」と
悲しく言う
病の夫の大きな目

「幸福《しあわせ》ですか」と問うてみた
「幸福《しあわせ》ですよ」と返ってきた
あ、よかった

手が不自由でも
足が不自由でも
生きているだけで
いいじゃないですか
今のまゝでいいじゃないですか
今まで苦労してきたんだから　ね
ね　父ちゃん

III

水で描く絵の具絵

金峰山《きんぼやま》

金峰の山よお前も年取って
頂の松の木も
すっかり枯れてしまったなあ
父様《ととさま》の頭のように
今にツルツルになるのかなあ
崩れ落ちて
無くなるなよ
頼むよ
きっと今のままの姿でいてくれよ　な

金峰の山は
金峰の山

いつまでも
いつまでも

達者でな
がんばれよ

【注】子どもの頃より見慣れた山
金峰山のことをキンボヤマと呼んで、鶴岡のシンボルだった。幼児の頃をなつかしく想いだす。
夫の病のことも、とても心配だ。

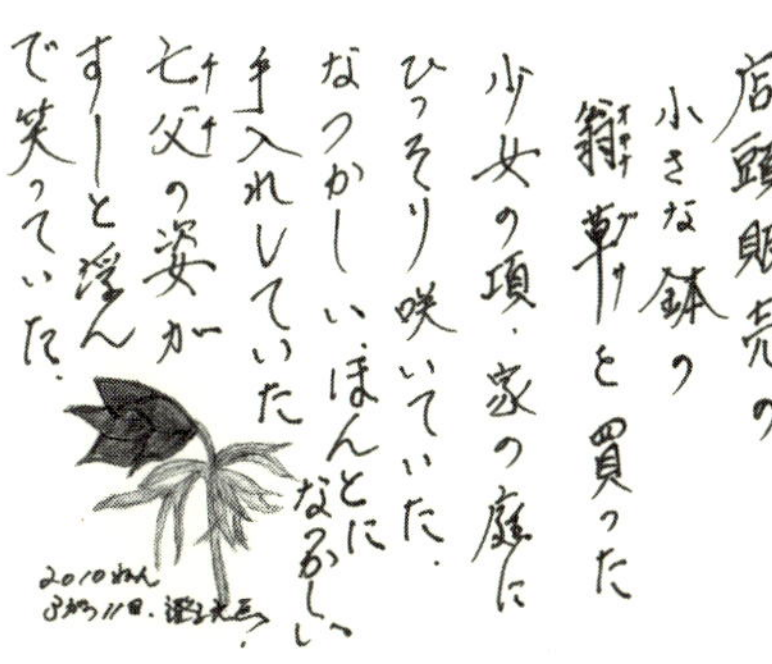
店頭販売の
小さな鉢の
翁草を買った
少女の頃、家の庭に
ひっそり咲いていた。
なつかしいほんとになつかしい
手入れしていた
亡き父の姿が
すーと浮んで
笑っていた。

冬の日に

「何とまあ　大雪で」と
きのうきょうの挨拶は
誰れもが
誰れにむかってもこういう

なるほど
ここ数年というもの
雪国に生まれ育ったというのに
うっかり忘れてしまうほど
暖い冬が続いていたっけ

子どもの頃は
石油ストーブも
電気ゴタツもなかったから
まして電気毛布など

とても考えられなかったから
炭火《すみび》で暖をとり
少しいぶりくさい臭のするコタツの中へ
真赤にかじかんだ手や足を入れると
ピリッ　ピリッ　と
飛び上がるほど痛んだ
クリームなどぬる習慣もなかったから
じっとがまんして

子どもの頃は
車などめったに通らなかったから
雪が積もれば
積もった上に道をつくり
一歩　一歩　足腰に力を入れて歩き
べっとりと
つぎはぎだらけのシャツまでも汗で
ぐしょぬれになりながら

昼でも太陽の光が届かない家の中で
いつになったら吹雪が止むか
そればかりを気にしながら
じっとがまんして

晴天の雪景色は
すばらしい
キラキラと水晶玉のように輝いて
道も　屋根も　枯れた樹々までも
みんなみんな
光り輝いて
目の玉が痛むほど

真っ青な空と
真っ白な地上と
言葉ではいいあらわせないうつくしさ

生きていてよかったと思う
雪国に生まれてよかったと思う
この時ばかりは

（一九七七・二　大雪の冬）

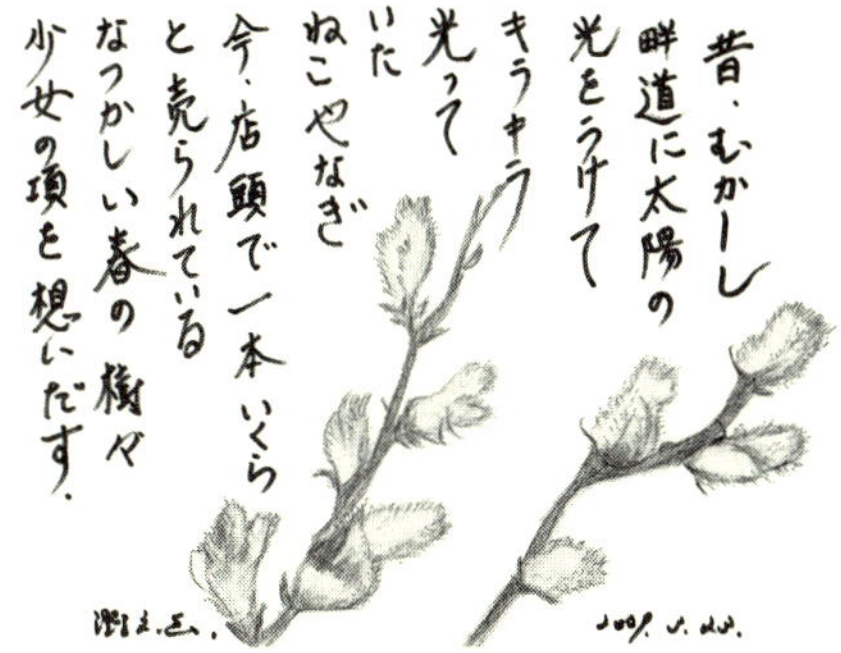
昔、むかーし
畔道に太陽の
光をうけて
キラキラ
光って
いた
ねこやなぎ
今、店頭で一本いくら
と売られている
なつかしい春の樹々
少女の頃を想いだす.

青春時代（その一）

無理をして
無理をして
「三度のごはんを二回でいいから」と
毎日　毎日　母親に
手を合わせて頼んで
どうやら高校に入学できた

受験勉強など
とんでもないぜいたくで
とてもそんなヒマなど
なかったから
やっとビリッカスで入学できた

教科書は兄の使ったものを
もらって

ノートも買えなかったから
教科書の余白に書きこんで

英語の辞書は兄の時間割を見て
兄の英語のない時だけ
借りて
兄の時間と重なった時は
私の分は　辞書なし

それでも好きな学科は
うんと良かった

新聞もとっていなかったから
新聞紙を使うわけにもいかず
数学の計算の時には
まいった
ただ黙って先生の顔をみている

よりしかたなかったから
数学の成績は悪かった

絵が好きだった
たった一本のかたいエンピツで
それでもデッサンをした
うんと大きな画用紙で
力いっぱい
書きたかった
クラスのみんなのように
油絵を描いてみたかった

それはできぬ相談で
私はいつも水で描くえのぐの絵

（高校時代の想い出）

青春時代（その二）

貧乏とは悲しいもの
腹いっぱい食べたいと思い
夜泣きながら
つぎはぎだらけの
せんべいぶとんに入り
つぎはぎだらけの
シャツを着て
寝巻がないから
シャツを着て
それでも
疲れて
疲れているから
どうにか寝ることができる
夢をみる
白いご飯がちゃぶ台に

いっぱいでてきて
「わあ　ごはんだ！」と
歓声を上げて
飛びつくと
ハッと目が覚めて
涙がまた
ほほをつたわりおちる

青春時代（その三）

父は絵が好きで
とても上手だった
私も父のように
絵を画いてみたいと
思っていた
とても画きたかった
うーんと大きな画用紙に
力いっぱい
画いてみたかった
クラスメートのように
画いてみたかった
とても
父を乗り越えることは
できないだろうけど――

青空がいい
雲がいい
梅の木もいい
弟や妹の顔がいい　手や足もいい
画いてみたいと思った

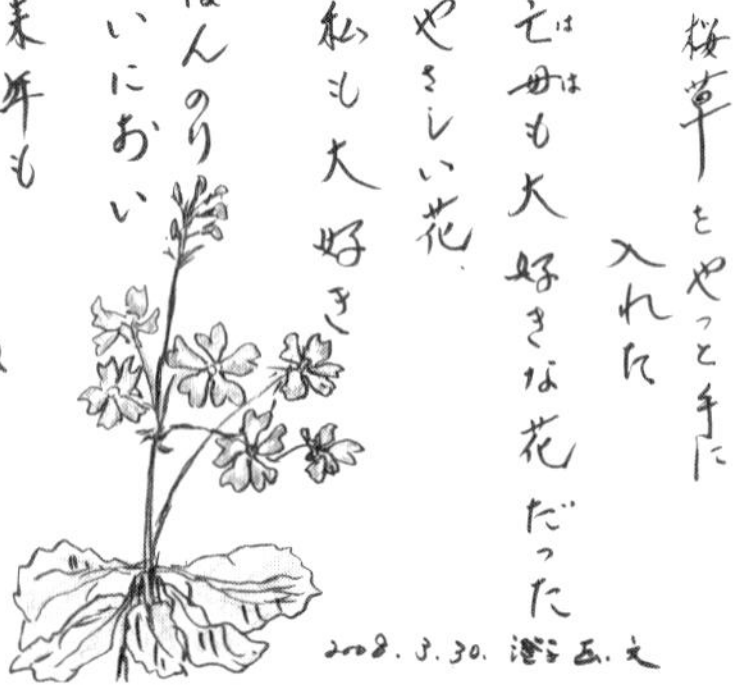
桜草をやっと手に
入れた
亡母《はは》も大好きな花だった
やさしい花
私も大好き
ほんのり
いいにおい
来年も
よろしくね
2008.3.30.

同窓会

（一）同窓会の案内届き
なつかしき恩師も
達者で何よりと
我も早　七〇の老人となりぬ

（二）故人になりし級友の顔
想い出し
達者でいる我は
幸せなりかと自問自答する

（三）この年齢《とし》まで
よく生きてきたと
我　我をほめてみる

（四）ノミ　シラミに悩まされ

骨と皮だけの少女の頃は
食に鈍し　衣《ころも》に鈍し
あゝ
つらい想い出ばかり
悲しい想い出ばかり

善宝寺スケッチ（その一）

電車の線路は取りはずされ
砂利の上には
すすき原のように
小判草が咲き乱れ
風が音もなく通り過ぎて行く

浜昼顔のピンクの花が
申し訳なさそうに
そのあい間　あい間に
点々として

ついこの間まで
駅があり
電車が動いて
老人《としより》も　男も女も

みんなみんな
乗り下りしたというのに
昔　ずっと昔のような気がして
ポンコツというには
あまりにも悲しい
電車の姿があった
たった一輌

善宝寺スケッチ（その二）

真昼の　しかも休日でないこの日
観光地というには
あまりに静かだ

ここ善宝寺
父の最後の勤務地

今も昔も変らず
たった一軒の土産もの店《や》
酒の好きだった父は
よくこの店で
帰りに立ち寄り
コップ一杯の酒で
一日のつかれをいやしたという

「おでんはいかが」
呼び声につられて
一串五〇円也の
コンニヤクを買った
寺の側に
大きなハマナスの樹があり
三つばかり咲いていた
上品なこの匂いが好きだ
甘ずっぱいこの匂いが好きだ
夢みるようにうっとりとなる

善宝寺スケッチ（その三）

「夫が無事でありますように
父が　息子が無事でありますように」
「たくさん魚がとれますように」
海の神さまに
願いを托し
ローソクに火をともす
海の女たちの姿が
そこにも
あそこにもあった

（善宝寺はお寺だというが、
海の女たち、男たちにとっては、
ここには神さまがいる）

善宝寺スケッチ（その四）

「お池に行くには
　どう行くのですか」
何回も来ているのに
道にまよったかと
とまどう

かやぶき屋根がトタン屋根に
細い砂利道がアスファルトに

想い出は
そっとしまっておこうか

木イチゴが
それでも
だいだい色に輝いて

大きなブナの樹に
鯉やフナの群れ
くちはてた樹に亀がいて
「チ　チ」鳥が鳴きながら
山へ姿を消した

（一九七七・六・二〇
子どもたちを連れて善宝寺に遊ぶ）

Ⅳ　あしあと

針箱

一人の老女が死んだ
身寄りのない年老いた女が
死んだ

どんなところで生まれ育ったのか
どんな気持ちで生きてきたのか
どんな思想をもって
どんな苦労をして
どんな気持ちで
死んでいったのか

他人の私には
とんと見当もつかないけれど
彼女の残した唯一つの財産

彼女が最も大事にし
いつも側においいて
いろんなことを
語りかけては自分自身をはげまして
なぐさめてきたであろう
その針箱

彼女のお母さんが
「私がお嫁にきた時　もらって
　きた大切なものだよ」と
しっかりと両の手に
だかせてくれたであろう針箱

「お針《はり》は女の命《いのち》なんだよ
　どんなことがあっても
　手ばなさずに　ね」と
やさしさいっぱいに

手渡してくれたであろう針箱

明治・大正・昭和の時代を生きて
女にとって
暗く永い永い時代を
彼女と共に歩んできた針箱

彼女の細い丸まった背に
あまりに重く
あまりに深くどっかりと
くいこんでしまった歴史

ただひたすらに
お針を動かし
悲しいことも
苦しいことも
みんな　みんな

小さい針箱の中に
しまい込んで
彼女は亡《い》ってしまった

（その針箱を見ていると、その女性の一生がまざまざと思われてならない。

私の母の遺品にあまりに似ていたせいだろうか。

涙がでてきてしょうがない。

明治・大正・昭和と生きている女にとって、歴史はあまりにつらく、悲しいことばかりだったから――）

ねがいごと

「二百海里」
「二百海里」と
テレビのアナウンサーは
日に何度となくくり返す

「浜にとんと
　魚があがらなくてね」と
すじ子一パック千二百円也
塩ザケ半身で三千円也
浜の魚行商のおばさんは
久々《ひさびさ》に訪ねて来て
買ってくれという

ニシンの季節に
ニシンが食えなくて

ハタハタの季節に
ハタハタが食えなくて
とんでもない頃
ひょっこりと
飛び上がるほど高い値段で
小さい魚《やつ》も大きな魚《やつ》も
みんな
みんな
冷凍にされて
店頭に並ぶ

魚が食えなくて
しかたなしに
肉など五十グラムほど
食べてはみても
すぐに食生活を
変えるわけにもいかず

ぶつぶつ不満をいいながら
魚を買物袋に
そっと入れて
家計簿が
なんとも計算できないほどに
マイナスになって
まだ手にも入らぬ
ボーナスまでも
当《あ》にして

手品師みたいな
不思議な人々の手で
今まで沢山あった
品々がスーっと消えて——
と見る間に
野菜も　肉も　着るものまでも

高い高い値段になって
スーっとでてくる

魚の好きな夫に
育ち盛りの
息子たちに
生《いき》のいい魚《やつ》を
うんと食べさせてやりたいと
ただそれだけの願いも
政府のえらいお方や
魚会社の大社長様には
馬の耳に念仏で
何とかならないかと
じっとしていられなくて
「選挙」の時こそと
願いをたくし
頑張ってはみても

頑張りが足りなくて
時々がっかりするが
今度こそ
この次こそはと
思いなおす

牛の歩みのように
おそいけれど
ねがいがかなえられる日が
きっとくる
きっとくる

時間の止まった
ためしがないから

（参院選の結果を知って　一九七七・七・一一）

あとがき

今回、私のつたない詩集を出版するために、二人の息子には大変世話になりました。長男には、いつも励まされ、助言・援助を受けました。次男には、具体的に出版の指導をしてもらいました。

自分だけだったら、なかなか出版する決心がつかぬままだったことでしょう。息子たちのおかげで本にすることができました。

ちょっとはずかしい思いもありますが、反面、初めてのことなのでうれしさも一入《ひとしお》です。

夫と二人の息子に、ささやかながら謝意を表したいと思います。

夫はどう思っているか、なかなか本心がつかめないでいます。でも私たち家族の思い出や歩みでもあるので、一冊一冊を大切にしていきたいと思います。

最後に、この場をおかりして、いつも私を支え励ましてくれる友人・仲間のみなさんに心からお礼を申し上げます。

これからもどうぞよろしくお願いいたします。

二〇一三年六月
菅原　澄子

【著者略歴】

菅原　澄子（すがわら・すみこ）

1936年11月、山形県鶴岡市生まれ。

1955年山形県立鶴岡北高等学校卒業。

卒業後、鶴岡市市役所に勤務。

1973年退職、主婦業に専念。

息子《むすこ》たちへ　菅原《すがわら》 澄子《すみこ》 詩集《ししゅう》

2013年7月10日　初版第1刷

著　者　菅原《すがわら》　澄子《すみこ》

発行者　比留川　洋

発行所　株式会社　本の泉社

〒113-0033　東京都文京区本郷2-25-6

電話 03-5800-8494　FAX 03-5800-5353

http://www.honnoizumi.co.jp/

DTP デザイン：田近裕之

印　刷　亜細亜印刷株式会社

製　本　株式会社　難波製本

ISBN978-4-7807-1105-9　C0092